麦子的颜色

魏延军　著

上海三联书店

自 序

这些句子，

是鸟儿从哪里衔来的种子　落在草原上。

一阵雨后　偶然开出的花。

目 录

卷一　时序

真是奇妙的年纪。

一时觉得已经老了，

一时觉得还是少年。

2 和每一个节气，
我都声气相投。
春分　小暑，
大雪　白露。

3

诸神吵闹了一天，
为第二个节日命名。
他们抽烟时，
听见雨水细密平静。
天下的树　每一株，
都面目柔和　与世无争。

4

我们要不商量一下，
请你重新推门进来，
手上挎着一篮子雨。

5

我在等待一个醒来的时刻，
如同一只兽等待惊蛰。

6 春分日，

阳光新鲜的像一块蛋糕。

7

樱花要开时，

措手不及的心情。

8

樱花还是开了，

再无一句话值得说出。

9 蒋中正变成一块石头，
阳明山开满寒绯樱。

10 猫空山　二月　杏花林。
杨梅岭　五月　梧桐树。

日喀则的格桑花种子，

在季风里　落在台北的茶田。

12 向南边的大海走去，
迎接北归的大雁。

13 雨呢，
像夏季的，
像山谷的。
有透明的青色。

14 阳光很亮时，
梦感就升起来了。

杨絮落下，
路旁像积了薄雪。
梅子黄熟，
一半在草丛一半在枝头。
千里外北山坡上，
杏儿挂满一树。
雨　下啊下，
正如想象中的江南。
灯和书　里尔克和伊壁鸠鲁。
一阵雷　一阵风。

16 校园旁的小书店拆掉了。
街角的斑驳墙色里，
杜鹃花开得正好。

17 春天来了，
街上的姑娘亮出白花花的腿，
像反着光的月亮湖的水。

18 春雨下了许久许久，
天地像在海洋中一样。

19 窗下有山溪，
像一夜在落雨。

20

午后醒来时，
太阳明晃晃。
不知身何处，
以为浮云上。

21 只要三角梅开着，

我就毫不挑剔这溽热的夜晚。

22 最早从一个学姐那里，
知道有一个词叫苦夏。

23 雨去了南方，
知了叫了起来，
向晚的时间无限漫长。

24 好久没过夏天了。
只有樱花开时知道季节，
其他的日子只是行过。

这夏的雷声，
在黑夜里唱着歌而去。

26 终于看见早晨阳光下初放的紫薇，
夏天里开出的第一朵秋花。

27 紫薇花早早地开了，
在明晃晃的夏里打开秋的门。

28 秋天的每一棵紫薇树，
都从容的像一位导师。

29 我愿像八月的稻子一样，
停留在快要成熟的时刻。

30 穿行在大别山的山影里，
不时落下一片雨。
海子说姐姐　今晚我在德令哈。
德令哈只有戈壁，
大别山开满凤仙花。

31 云雾环绕六安清晨的山，

像是卡若拉。

32 一只蝴蝶在雨里飞。

一只巨大的蜗牛在雨后的花园里度过黄昏。

33 维菊说 只有你懂得俯身下来，
才会看见每一个生命傲然的一面。

34 萱草很安静地开着，
在台风送她的白云里。

35 拉萨的青稞要熟了，
我要飞走了。

36 一只绵羊吃着绿叶，
一群银狐跃上天空。

37 一路开花的紫薇，
大地覆盖着雨云。
远山青　或隐或现。

38 这一夜的风，
像夏天和秋天混合的鸡尾酒。

39 如果大地的每一处都开满鲜花，
如果有一枚红色月亮挂在天上。

40

时近立秋，
暮色落的早了起来。
天边　云朵如画。

41 满觉陇的栾树泛着橙黄，
忆起去年杨梅岭盛开的桐花。
想象力在虚无中投下两片云影。

42 秋天飘来荡去，
带着清早的微雨，
落在一片鹅掌楸上。
同一朵木槿花，
在满觉陇的山里，
又一次开了。

43 宇宙是用树叶写字的，
每一个字都金光闪闪。

44 秋分第二日，

静候大地风起。

45 那天在横沙岛走了很久，
后来太阳落下　起了炊烟。

46 秋日，

天空是位艺术家。

47 当青枫放下矜持，
当悬铃木庆贺丰收。

48 柚树结出大大的果实，
像小孩穿了大人的衣服。

49 被紫云英点化的大地，
长出了彩色的粮食。

50

白族聚居的村落，
孩子们中午放学了，
洱海边晚稻金黄。

51 候鸟要路过江南，
鹅掌楸备好马褂，
野蔷薇结出干粮。

52 半片夜晚，
斜斜地挂在秋天的树上。

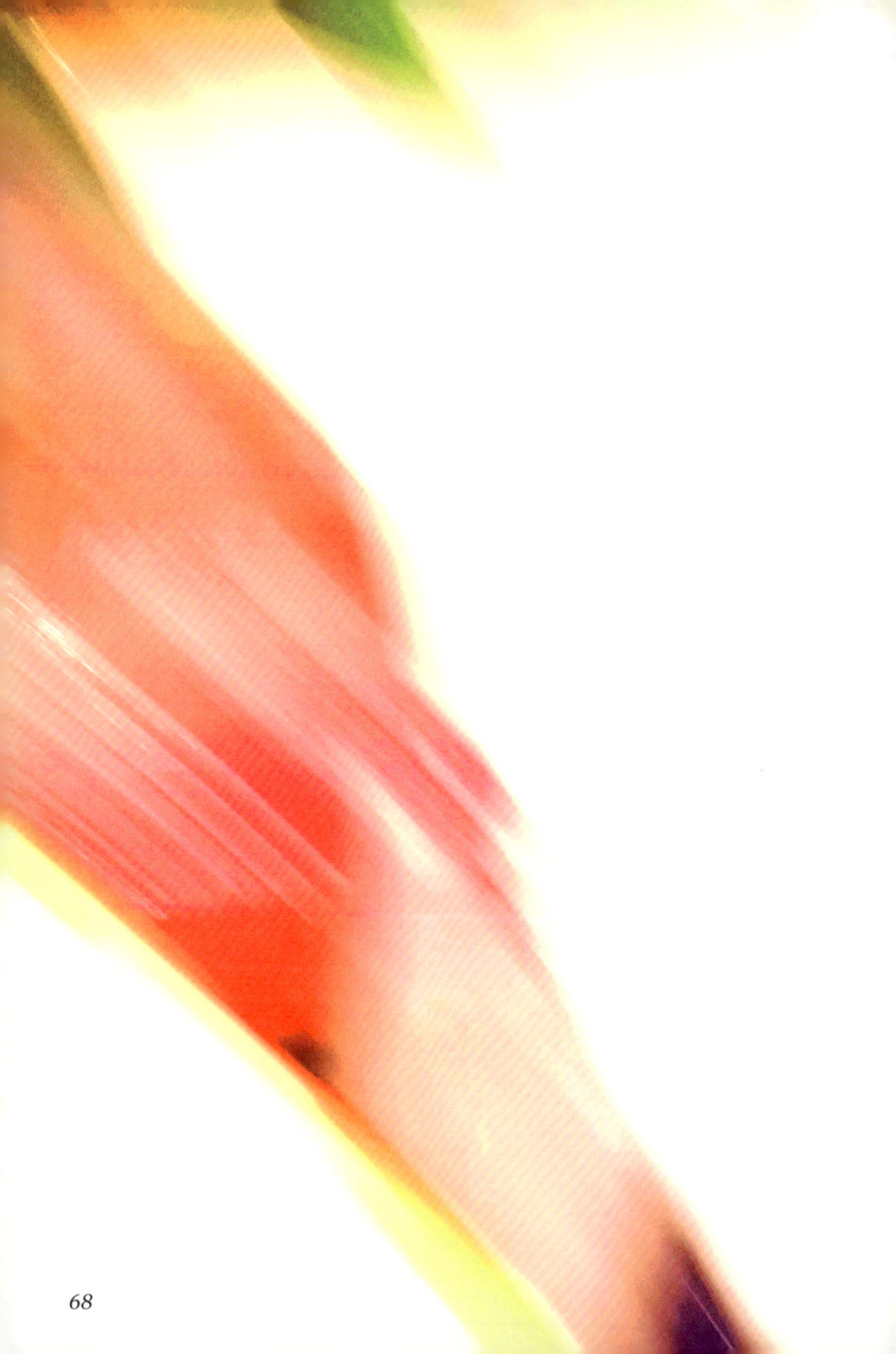

53 台风要来时，

阳光像透明的蝉翼。

54 燕子飞回北方的老屋，
梧桐高高地举起她的花束，
香樟过着他的秋天。

舒羽
COFFEE

55 阳光照亮白云的边，
紫薇逐渐盛开，
秋风好像要起。

56 秋分后的两天，
一只猫在竹林里眯着眼。
桂花在一树一树地开。
银杏的果实像一串黄金，
等一个身手敏捷的老汉。

57 大姐坐在树下，
点起一支香烟，
等着树叶变成金黄。

58 明天要下起金色的雪，
于是　布谷鸟在黄昏里唱了起来。

59 银杏的叶子，
在北京午后的街上翻飞，
像一地黄金醉酒后舞蹈。

60

神说今天撒雨。
神尚在妙龄，
翻来翻去，
选了桂花味。

61

在立冬的前夜，
这万事万物，
从大地新鲜而出。
一群五彩的鸟，
回到悬铃木上。

62 又见枇杷，

世间最慈悲的花。

63 十二月，
悬铃木结出一大群五彩鸟儿。

64 五彩的悬铃木间落着的雨，
这是不是一个最好的时刻。

最后一批鹅掌楸挂在树梢，
等着风使者取走。

66 每一棵树都有完满的智慧，
在时节来时变成自己的作品。

67 冬至要来时，

每一句话语都带着温度。

68

在北京的夜里，
将要入冬的街上，
一个人笑了起来。

69 冬至日，

鸟儿飞的像风一样轻。

70 第一个清冷冬晨，
像是乡下的旧年。

71 午后　太阳出来了。
风从树林飞过。

72 大别山铺满冬日的阳光，
像是刚下的一场雪。

73

小寒那天下的雪，
来不及落地就化了。
京都带回的铅笔。
一座城　全是静物。
风是静的，
火车窗外的樱花也是。
雨的声音　细密地，
从楼下那株枇杷树间传来。
玉兰不久该开了，
来得及遇见，
上一岁的果实。

74 十二月　海洋从大地退下，
世界上满是五彩的贝壳。

75 十二月，

漫天漫地的珍珠。

76 在第一场雪之前，
大地保持着沉默。

77 若漫天风尘，
是一场初雪。

78 大雪前寂静的天空，
忽然有了远意。

79 冬天的太阳穿过云时，
空气中有植物的味道，
以为是在过一个年。

80 这新一年的阳光，
让世界浮在半空中，
一只牛开出八仙花来。

18

如翠鸟的羽毛，
在光中穿行。

82 疾风吹过草尖，
像是流水淙淙。

83 如此美好的一刻——
旧年最后的阳光，
挂在树梢上。

84 旧年的夕阳斜斜地照着。

我们漂流在时间的河。

85 世界热闹而寂静，

和旧年握手言别。

86 小心一点呐——
新年正轻手轻脚，
躲在窗前。

卷二　怜惜

87 愿这世上无事，
每一刻都将平静地延续一万年。
可若万事皆无，
何以知道什么喜什么爱什么苦什么念。

88 春天总是要来的，
只是每次春天会老去一点。

89 美好的东西无法用力得来。

它们只会自然发生。

90 人生之变，
如忽然花开。

91 那些无来由的欢喜，
是最好的欢喜。

92

樱花终究落了。

演出已谢幕，

舞台上灯光全息。

93 秋蝉在夕阳里叫了一会儿就停了。
风起时　让人想念远方的朋友。

94 八仙花终于谢了，
花朵却不凋落，
像是放不下的眷恋。

95 山里的栗子和花生熟了，
邻家姐姐可以出嫁了。

96

初秋的夜晚有时也热，
虫鸣竟像暑夏。
秋和夏的混淆，
如中年里连绵不完的青春尾声。

97 每一种风景都诉说一种语言。

雪山的语言是等待。

98 出门时带了喜欢的书，
像阔太太上街时牵了宠物。

99 在布达拉宫的墙下神伤。

愈是超凡的地方，

愈是念起凡间的事。

100 看着羊卓雍的湖水轻轻拍过来。

看着男孩儿给女孩儿没完没了地拍照。

看着远方的雪山。

101

在深夜的纳木错湖畔，
银河璀璨　星斗漫天，
与朋友做出各自的决定。

102 若有一天忆起日喀则，
眼前开满格桑花。

103 一只山鹰从念青唐古拉飞过，
雪化成了河。
野马在河滩上，
牦牛在路中央过着慢生活。
燕子飞去林芝的方向。

104 每一个空阔的黄昏，
都像是哲蚌寺的傍晚。

105 雪顿节第一天的早晨，
清扫卫生的藏族女孩来的比往日早，
笑容干净　说今天好高兴。

106 喝下一点点酒后，
像站在十字街口。

107 一句话都没说，
已是夏天最后一朵凌霄花。

108 这里春天下着雨，
这里开了第一树樱花，
霓虹涂满城市的大地。
二十岁的那些年，
远远的　像天涯。

109 早上　深秋的阳光透过写字楼的玻璃照到我身上。

我想告诉你　深秋的阳光透过写字楼的玻璃照到我身上。

夜里　我喝下一瓶劣质红酒然后觉得很快乐。

我想告诉你　我喝下一瓶劣质红酒然后觉得很快乐。

110

在语言的缠绕里，
像鸟儿粘了露滴。
最喜是短歌　轻盈如你。

夜多深啊，

像是就要远行的心情。

112 常想记住一切，
每一个夏至　每一次雨季，
最后一批落下的彩色叶子。
像无名的工匠，
把字凿刻进石头里。

113 那无法说尽的，
轻轻安放在午后漫天的光里。

114 所有的一切　无非——
关于希望和逃避　尘封和复苏，
关于风何时来　花何时开，
关于成长和孤独。

115 每一棵开满花的树，

都把我的灵魂短暂地带到空中。

116 在光里，

花瓣是透明的翅膀。

117

盛夏那天阳光灿烂，
满街的花像开在云端。
初冬这天下着雨，
金黄叶子挂满一树，
万物沉默无言。

118 幸好人类发明了书，
它是一个神秘族群的信物，
让孤独者可以跨越时空，
寻见另一个孤独。

119 嗯　下个决心吧——
春天来时，
将不再忧伤。

120 春天来了，
可我依然忧伤。

121 我在一杯酒里　展开翅膀。
一夜一夜　等风从天边来。

122 渡一条船去看另一座孤岛，
另一座孤岛也开着寂寞的花。

123 夜里的风有一点暖，
像四十岁的人生。

124 深秋溶解在这时的夜雨里，
带着所有的快乐与忧伤。

125 书中这则写道，
每年第一场雪的早晨，
美洲人向陌生路人微笑致礼。

126 兔子在春天的樱花树下，
左看右看找它的胡萝卜。

127 这是很早很早的清晨，
鸟儿叫成一片海洋，
心中的小兽半梦半醒。

128

远方的朋友说，
今天买了两只酒杯。
左手一只右手一只，
斟满了酒轻轻相碰。

129 这一次夕阳，
像是等了一千年。

130 太阳落时，
最易想起。

131

开启一瓶新酒前的期待，
一群朋友胡乱唱歌的声音，
酒后的眉飞色舞和黯然落寞，
久未联系的朋友忽然的电话，
转身时若有若无的一声保重。

132 在清风吹过花林之外，
最接近诗的是爱一个人。

133 对于生命中那些美好的事物，

有时唯一能做的不过是安静等待。

134 我去时　鸭川的樱花如云霞，
我来时　吹着最后一夜寒风啊，
回到旧码头　你们在哪。

135 山东的那些雨，
从屋顶瓦片渗落屋里，
恰好是木床的位置，
于是放一个陶盆，
梦里要小心不踢翻雨。
那时的雨　打在屋檐和树叶，
细细密密　已让人有了远意。

136 燕山旧了，
像用过的岁月。
但每次秋的银杏，
新鲜宛若永生。

137 我看见岁月走过我，
也看见我走过岁月。

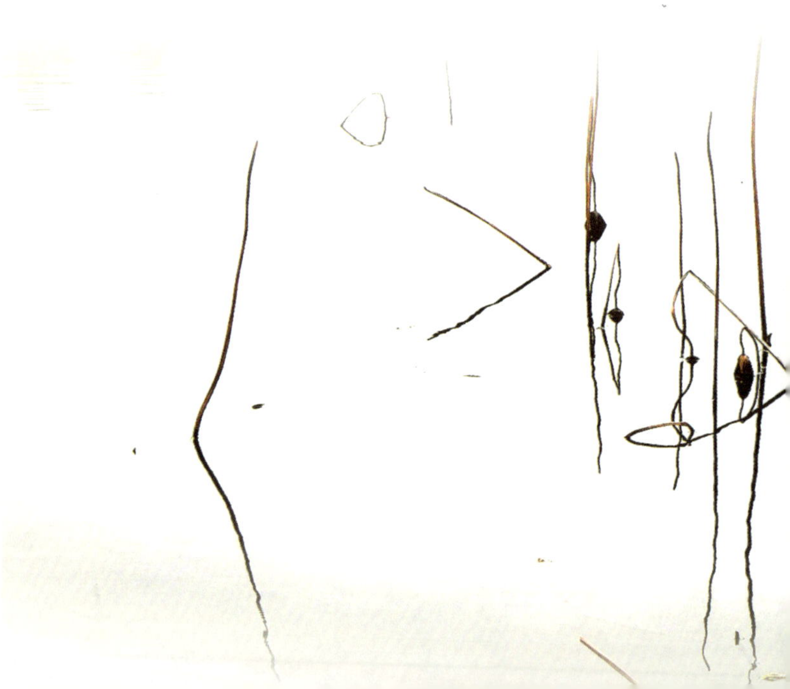

138 记忆先风化成碎片，
偶然间随风而逝。

139 终于等来了深夜，
我杀死了白色的自己。

140 鸟在理它的羽毛，

要飞向北方。

141 有时唯有沉默，
才能说出对这个世界的伤感。

142 中文多么不准确啊，
有时说再见。
其实是再不会见，
或再一世时见吧。

143 喝了酒的冬夜，
像是重新经历生命中，
每一个悲伤的时刻。

144 人们谈得最多的那个姑娘，
卸妆时还会一个人笑起来。

145 无意中见那人眼角低垂，
那一刻的声色犬马，
如同隔开一座冬天的山。

146 为每一杯酒命名，
如同世界初生。
你我还不熟识，
花还未开　我还未老。
夜雨寂静，
第一次吹起秋风。

147 我梦见一条长长的路。
人们在路上出生，
相爱　老去。

148 我在昨夜梦见一个自己，
说　你得爱着这个人间。

149 斜阳照亮陆家嘴，
一对恋人在路边拥抱，
草花在风中轻轻舞蹈。

150 你是高山初融的雪，
你是长河最初的泉。

151

你走过的每一个地方，
都会开出野蔷薇。

卷三　世间

152 来　再喝一杯。
再喝一杯，
花就全开了。

153 每一次在朝霞中启程，
都觉得生命似乎重新开始。

154 太阳升的还不高时，
天空像一块金属。
王小波说　未来世界是银子做的。

155 街上在下雨，
像漫天在落字。

156 大雾锁着城，
雨像春天的雨。

157 一只青蛙跳到半空，
忽然看见天空青湛，
于是一时浑然忘我。

158 落雨的夜空，

像戏开场前的大幕。

159 一首音乐在海洋中浮起来。

天上的星星　是一朵朵浪花。

160 写字楼里的阳光，
再明亮都没有温度。
地上的影子怪诞地变形，
于是这里愈加显得陌生。

161 风再大一点吧，
我可以在风里飞起来。

162 黄昏时　常把陆家嘴的楼群当山眺望。
暮色下　远山如黛。

163 下雨前的冬晨，
像是在旅行。

164 雨后的山坡，
整洁的像世界上没有贫穷。

165

我在南方的早晨穿越一条条河，
光从远方来　照亮了白色的墙。

166 春日的花等来春日，
秋天的花等来秋天，
鸟儿等待天空涂满光的傍晚，
从一棵橘子树上飞起，
穿越一片花田。

167 云朵落到了河里，
被小鱼吃了，
小鱼变成了小鸟。

168 据说睡莲的种子沉睡千年仍会发芽。
年少时的那些梦想也会如此吧，
比如浪迹天涯。

169 下雨前的午后像日出前的清晨。
年轻保安的领带在台风里飞了起来。

170 坐在高原漫长的夕阳里发呆。
一只鸟飞来　落在光里，
尾巴长长的。
孩子们在追逐嬉戏，
绕着一座白色佛塔。

171 柚子还真是倔强啊，
在枝头等到第二年的花。

172 风可吹断一株树，
但吹不断一棵草。
风可轻易地卷走一根羽毛，
但卷不走一只鸟。

173 祝余开着青色的花，
大时山南坡满是白玉。
吞一只黄鸟再无妒心，
中山神有两个脑袋是蜜蜂的王。
神住在长留山上，
每日正午将影子拨向东方。

174

服一株瑶草，

就有了爱，

赤水边的树，

每片叶子都是珍珠。

175 我追随女巫漫行大荒，
看见神攀着梯子往返天界，
作天梯的树开着黑色的花。

176 一整天都在下雨，
这座城市像是静止的。

177 只要记得曾走在那么好的光里，
从此就不会丢了自己。

178 看见我进门后倒了一杯红酒，
母亲飞快地炒出一盘鸡蛋。

179 最好的尊严，
有时就包裹在最小的卑微里。

180 夕阳挂在东方明珠。
绿树的叶子撒下斑驳光影，
地面如一堵老墙。

|8|

洛阳下了一场雨，
老聃的书都发了芽，
长成一片竹林。
欧罗巴的葡萄，
思来想去，
皈依了酒神。

182 佛陀说，

每一步脚印会开出一朵花来。

183 有一天　我们穿着厚厚的棉裤，
倚在太阳下的墙脚。
说　那时我们可以跳的很高……

184 当每一个企愿都消失，
当每一个小我都转化，
当橘子挂满一棵树，
当我可安静地走在光里。

185 想象有一张很大的嘴巴，
一不小心就会吞掉真实。
于是　你勒令想象闭上嘴巴，
让真实大摇大摆地走来走去。
想象乖乖地趴在那里，
像一只满怀内疚的大狗。

186 想象着海子心中有一句话：

因为我是王，

所以没有什么可慰藉我的悲伤。

187 有一族人类，
背负着火的命运，
企图活成一棵树。

188 我在北方醒来，
清晨的初雪。
夜里我梦见一只鸟，
飞过时间的河。
在世界的每一处，
我是永远的异乡客。

189 两千年前那天，
我的战马迎风而立。
北方　大雪纷飞。

190 在每一个入静的夜晚街头，
都像是初到异乡。

191 每一偶然出神的时刻，
觉得可以那样过一千年。

192 喝了酒的午后，
觉得像是要过年。

193 是那只古老的印第安山谷里的野马，
静静地落在江南冬日温柔的太阳里。

194 想到鲁迅爱好毛边本，
更加喜欢这个坏脾气老头儿。

195 哎呀　大地都睡了。
在梦里　去了天涯。

196 一只狗趴在地上，
看见一只鸟穿过天边的云影。
那是我的一个隐喻　它想。

197 迪奥尼索斯先生，
每次我饮酒　你都在。
我知道。

198 喝一点酒后的夜晚，
大地变得柔软起来。

199 下一次轮回，
作一棵沉默的树。

200 在每一个走过的地方，
都遇见一个自己。

201 上师说：

开悟如开花。

202 我在等着　变成一个彻底的中年，
包括那颗长得太慢的心。

203 喝下两杯酒后，
声音空洞的像没有热度的光。

204 地铁里吹来风，
像在卡若拉山口。

205 在阅读中与一族人相遇，
如同被师父授记。
他说　某一世，
又见梨花时，
你将成觉者。

206 好像是在时空的中心。
在一个初老的时刻，
看见了少年　看见了青春，
看见了中年　看见了老迈。

207 我拜炼金术士为师的那天午后，
树上挂满了橙色的叶子。

208 佛说法时，
班上功课最好的弟子，
负责坐在高处，
一边晒太阳　一边撒花。

209 蜘蛛今天只好吃素了，
他的网捕获了橘子花瓣。

210 的哥大骂马英九时，
的士穿过宁静小街。

211 台北的街上，
二楼人家的蔷薇，
给一楼人家的窗当起花帘。

212 二月　市政厅外步道上，
树叶疏疏落落　青青黄黄。

213 观光客们亢奋嘈杂，
忽然落一阵雨，
从树叶间滑下，
青石板路成了一副油画。
一只燕子飞来，
落在七十岁土屋的檐上。

214

在雨里去金山，
有海岸和火车站的金山，
有青枫树在水边的金山。
有那一年的这个夜晚，
火锅沸腾　喝着啤酒。
有那一年的这个早晨，
雨落入海　街角开着花。
如果路遇那一年的自己，
悄悄别过头去，
假装看天上的一道彩虹。

215 夜里　太阳第二次升起。
松子落在林间，
葡萄发酵成美酒。
茶尖在檐下萎凋。
梅子刚刚变黄。
世界像一个镜子，
看见一个国王。

216 买韭菜的老太太在讲着价钱，
拿咖啡的女士蹲在街边买一块生姜，
鸟儿啁啾着　飞到另一株树上。

217 那些美妙的时刻——
在夜里走路，
在春天喝酒。

218 有一点酒意时，

觉得自己是自由的。

219 向北追上初夏的雨，
今天在秦淮。

220 和世界　有一杯酒的距离。
在一杯酒之外　云飘过月，
所有的声音　都从远方来。
夜色　如水。

221 每一首民谣，
都是和世界间的缝隙。

222 在机场咖啡店里默不作声，
偷听世界转动的声音。

223 年轻时热闹后面都是孤独。

中年了热闹后面都是远方。

224 每一句话，

像一条鱼　像一匹马。

一条向西的河，

驾着秋风　去太平洋。

225 我喝一杯酒，
看一眼窗外。
像是塞外挟着沙的风，
一阵阵袭来。

226 多么无趣——
酒意褪去，
花已全开，
夜雨渐息。

227 我抱着螃蟹走在夜里。
它们应该在太湖，
我应该在大理。

228 海边的酒吧开始上客时，
一只猫趴在墙头，
眯着它的眼睛。

229 在不醒不醉之间，
是不秋不夏，
不悲不喜。

230 喝点酒，
好像去了远方。

231 他们谈起旧人旧事旧年，
水鸟若有若无地掠过湖面。

232 半山的人家传来犬吠，
像是童年的华北平原。

233 老师讲凯鲁亚克的那个傍晚，
二楼阶梯教室外，
北方的杨絮纷纷像落花。

234 每次吃新鲜的果实，
都看见祖先抓着藤蔓飞在林间。

235 整理半卷旧稿，
如同整理凌乱半生。

236 觉醒是一枚青果子，

需要一点点地成熟

图书在版编目（CIP）数据

麦子的颜色/魏延军著.—上海：上海三联书店，2018.

ISBN 978—7—5426—6457—0

Ⅰ.①麦… Ⅱ.①魏… Ⅲ.①诗集—中国—当代②摄影集—中国—现代Ⅳ.① I227②J421

中国版本图书馆CIP数据核字（2018）第196064号

麦子的颜色

著　　者　魏延军

责任编辑　钱震华
装帧设计　陈益平

出版发行　上海三联书店
　　　　　（201199）中国上海市都市路4855号
印　　刷　上海昌鑫龙印务有限公司

版　　次　2018年8月第1版
印　　次　2018年8月第1次印刷
开　　本　787mm × 1092mm　1/32
字　　数　100千字
印　　张　8.75
书　　号　ISBN 978-7-5426-6457-0/I · 1442
定　　价　48.00元